KB022104

결정했어
행복하기로

새로운 요리의 발견이 새로운 별의 발견보다
인간을 더 행복하게 만든다.

- 앙텔므 브리야 샤바랭

• • •

The discovery of a new dish does more for
human happiness than the discovery of a new star.

- Anthelme Brillat-Savarin

결정했어 행복하기로

글_ 조미하

초판 1쇄 발행_ 2018. 05. 25.
초판 4쇄 발행_ 2024. 05. 03.

발행처_ 삶과지식
발행인_ 김미화
디자인_ 다인디자인(E. S. Park)
편집_ 박시우(Siwoo Park)
사진_ Shutterstock, Suji

등록번호_ 제2010-000048호
등록일자_ 2010. 8. 23.

경기도 파주시 해올로 11, 우미린 더 퍼스트 상가 2동 109호
전화_ 02)2667-7447
이메일_ dove0723@naver.com

ISBN 979-11-85324-39-5 03810

해밀의
시가 있는
풍경

결정했어 행복하기로

조미하

삶과지식

안에 있는 상처를 보듬으며 달래다가
행복하기를 스스로 포기한 것처럼 살지 않는가?

남의 삶을 바라보다
자신이 아닌 다른 사람으로 살며
놓쳐버린 행복

누군가의 눈치를 보며
망설였던 많은 시간

행복해 보이는 남의 삶에 들어가
이방인처럼 헤매다 놓친 행복이
울고 있지 않는가?

이제 움츠렸던 삶에서 벗어나자

어찌 삶이 뜻대로 되겠는가?
어둠도,
햇빛도,
비바람도 있는 날들

순간순간 다가오는 행복을
찾지만 말고 느끼자
행복은 한없이 기다리지 않는다
놓치지 말고 잡자

자신을 위로하자
그만하면 됐다고

지금이라도 결심하자
무조건 행복하겠다고
행복하고야 말겠다고

기억하자
마음먹은 만큼만
행복할 수 있다는 걸

목차

하나

그대,
아프지
말아요

넷

사랑
한 스푼
행복
두 스푼

다섯

별빛
탓이야

하나

그대,
아프지
말아요

그 마음 잊지 않을게요

삶이 버거워 비틀거릴 때
소리 없이 다가와 따스함을 전하던
그 마음 잊지 않을게요

언제 어디서나
수호천사처럼 지키고 염려하던
그 마음 잊지 않을게요

잘한다고, 힘내라고
다시 시작하게 용기를 주던
그 마음 잊지 않을게요

좋은 일은 진심으로 기뻐하고
슬픈 일은 마음으로 나누던
그 마음 잊지 않을게요

가슴속에 간직하고 새겨
언젠가 보답하겠다고 다짐하는
내 마음 변치 않을게요

노크

마음을 다쳤나요
세상이 싫은가요

마음 문을 닫고
혼자만의 세상에 사는 당신에게
상처받는 걸 겁내
모든 걸 포기한 당신에게
조심스럽게 노크합니다

알아요
얼마나 괴로운지
철저히 혼자가 되기까지
얼마나 몸부림치는지

하지만 그거 알아요?
사회에서 받은 상처
사람에게 받은 상처
결국 사람으로 낫는다는 걸

당신이 마음을 닫으면
나을 기회도 없어요

마음을 열어요
길가의 작은 들풀에도
하늘의 뭉게구름에도
날 따뜻하게 바라보며 기다리는 사람에게도

똑똑
누군가 당신 마음을 노크하면
조용히 문을 여세요
눈부신 빛이 환하게 비출 거예요

수고했어요. 당신

오늘 하루도
주어진 일에 충실했을 당신
수고했어요

추운 날씨에도
휴일조차 쉬지 못한 당신
힘들었지요?

날씨보다 마음이 추워
더 쓸쓸했을 당신

빈 주머니보다 빈 마음이 허전했을 당신
터벅터벅 발걸음이 한없이 무거웠을 당신

수고했어요
정말 수고했어요
모든 걸 내려놓고
아무 생각 말고 잘 자요

소중한 너

맑고 고운 눈망울이
좋은 것만 바라보아
예쁜 눈웃음 가득하기를

밝고 활기찬 발걸음이
터벅터벅 힘없이 걷는 일 없게
희망의 발걸음 되기를

가끔 누군가에게
언짢은 소리 들어도
빨리 지우고 그러려니 하기를

사소한 걸 가슴에 담아
상처받고 절망하며
시간을 낭비하지 않기를

착하고 여린 마음에
송곳처럼 박히는 아픔도
훌훌 털고 일어나기를

세상 무엇보다 소중한 너
세상 누구보다 예쁘고 착한 너
하루하루 제발 마음 다치지 않기를

얼마나 살아야

얼마나 세월이 흘러야
심장이 단단해질까요
얼마나 살아야
마음이 무뎌질까요

뾰족한 마음이 닳고 닳아
동그라미를 그려 가는데
그 안에 있는 작은 점
나약함이 불쑥 고개를 듭니다

강하게 더 강하게
단단하게 더 단단하게
울타리를 쳤는데
아직도 작은 일에 상처받고 고민하며
두 발이 퉁퉁 부을 때까지 걷습니다

얼마나 아파야 무뎌질까요
얼마나 걸어야 답답함이 풀릴까요

너를 많이 아낀다

그땐 왜 몰랐을까

작은 표현이
마음에 꽃이 피게 하는 걸

메마른 감정에
향기가 나게 한다는 걸

한 번쯤
두 눈을 보며 이야기할 걸

한 번쯤
진심을 느끼게 전달해 볼 걸

지금도 늦지 않았다
거창하게 사랑한다고 하지 않아도
가슴을 울리는 한마디
"너를 많이 아낀다"

사람 마음

어려울 때 손 내민 사람을
평생 잊지 못하고
처음 일이 서툴러 헤맬 때
자상하게 이끈 사람을 존경하며
실수를 질책하기보다
다음에 잘할 거라고
용기를 준 사람이 가슴에 남는다

누군가의 한마디
인생을 새로 시작하게도 하고
포기하게도 한다

내가 한 한마디
향기로 남아
누군가 따스함을 느꼈으면 좋겠다

그대, 아프지 말아요

핼쑥한 모습
초점 잃은 눈빛
당당한 모습은 어디로 갔나요

가슴에 자리 잡은 상처가 곪아서
불쑥 나타난 불청객처럼
통증으로 찾아와 힘이 들겠죠

이제
아픔은 아픔대로
슬픔은 슬픔대로
흘려보내요

알아요
쉽지 않은 걸
작은 거 하나에도 상처받고
남보다 아파한다는 걸
그런 그대라서 더 힘들다는 걸

하지만
언제까지 간직하며 힘들어할래요
터트리세요
서서히 아물어 더는 덧나지 않게
그리고 돌아오세요
당당한 그대 모습으로

그냥 흘려보내기엔 너무나 아쉬운 시간이에요
마음에 간직한 좋은 기억만 꺼내 보아요
다시 찾아올 활기찬 삶을 느껴요

잠시 침묵하라

억울하고
속상한 일이 일어났을 때
곧바로 설득하려고
구구절절 설명하는 게 옳을까

상대방은 맘이 상했는데
두서없이 설명하면
변명으로 들리고
자기 합리화로 보인다

그럴 때는
차라리 침묵하라
잠시 침묵하고
차분해지면 말하라

상황마다
지혜롭게 대처해야
오해가 줄고
근본 문제가 해결된다

마음의 평화

모든 걸 조종한 것은
내 맘이었을 거야

화낸 것도
울고 웃은 것도
분노를 못 참은 것도
마음을 다스리지 못한 탓이야

어떤 사람을
밉다고 단정하고
착하다고 믿고
기분 좋은 사람이라고 말하는 것도
내가 생각하고 결정하거든

그래서 말이야

모두
내 맘이 시킨 것이고
내 탓이라 생각하니
편안하더라

마음먹기에 따라
천당과 지옥을 오가니
오늘부터라도 평화를 찾아봐

함께하고 싶은 사람

맛있는 것을 먹을 때
멋진 곳에 갔을 때
작은 감동이 다가올 때
함께하고 싶은 사람이 있나요

아프고 고달플 때
실망스러운 일로 시무룩할 때
시시한 말로 떠들어도
위로가 되는 사람이 있나요

당신이
내 시간에 넣어
오래 함께할 사람이 되어 줄래요?
내가 당신의 소박한 삶에
머물러도 괜찮을까요?

속이 깊은 그대
마음 착한 그대
언제나 씩씩한 그대
일이 힘들어도 기죽지 않고 당당한 그대
당신은 늘 함께하고 싶은 사람입니다

사랑할 때 알아야 하는 것들 [1]

좋은 마음으로 시작한 일이
상대에게 부담이 되면
다시 생각하는 게 좋다
그가 무엇을 원하는지
제대로 몰랐다는 뜻이니

관심이라 생각해서
사소한 것에도 반응했는데
상대가 불편해하면
관심이라는 이름으로
쓸데없이 행동하지 않았는지
생각해보자

적당해야 한다
지나치면
집착이 되고
마음을 닫는 지름길이 된다

사랑은
상대를 그대로 인정하는 것이지
내게 맞추라고 강요하는 게 아니다

마음의 거리

수백 리 머나먼 길도
마음이 함께라면 한순간이고
1m 거리도
마음이 멀면 아득하다

사람과의 거리에서
가까이 있고
멀리 있는 것은
물리적 거리에 불과하다

마음을 열면
먼 곳에 있어도 늘 가까이 있고
마음을 닫으면
가까이 있어도 천 리 길이다

가족

나를 웃게도 하고
울게도 하는 사람들

너무 아껴
너무 사랑해
모든 걸 줘도 아깝지 않은 사람들

가끔은 미운 감정이 일어나
남보다 못할 때도 있지만
뒤돌아 생각하면
안쓰러움과 연민뿐입니다

넘치지도, 부족하지도 않게
적당한 거리에서 자기 몫을 다할 때
화목이라는 선물이 찾아옵니다

배려하는 마음으로 서로를 위할 때
작은 허물이 덮어지고
덤으로 사랑이 찾아옵니다
즐겁게 살아가는 지혜가 더해집니다

새벽

어제의 시끄럽던 세상을
어제의 복잡했던 마음을
밤새 잠재우고

시리도록 차가운 새벽 공기가
새날이 왔다고 속삭이네요

그대
어깨 쭉 펴고
오늘 있을 소소한 일상을
감사히 맞이해요
무엇이든 할 행복한 날이에요

새벽을 맞는다는 건
살아있다는 증거고
건강하다는 증거예요

아프냐?

가을이라 아프다고
핑계 대는 젖은 눈에
훤히 보이는 슬픔을
애써 감추는 네가
나는 아프다

어쩌면 내가
더 가슴을 쓸어내리며
긴 밤 지새우는지도 몰라
아픈 모습 생각하며
고통스러운 마음 느끼며

아프냐?
나도 아프다
아프지 마라
제발 아프지 마라

네가 곁에 없었으면 어땠을까

한여름 가뭄에
논바닥이 바둑판처럼 갈라지며 열기를 토해내듯
내 삶도 한숨이 몇 배는 많았겠지

언제든 손잡아 주는 네가 가까이 있어
소중함을 몰랐던 거 같아

내 속 다 보이고
네 속 다 들여다보아도
걱정되지 않는
소중한 친구야

내 인생에 발맞출 네가 있어
여린 어깨 감싸고 토닥일 네가 있어
너무 좋고 다행이라고
오늘은 꼭 말하고 싶어

비 오는 새벽

비 오는 새벽에
생각이 가지를 쳐
주렁주렁 매달렸다

미소 짓게 하는 추억과
눈물짓게 하는 아련함
여행에서 느꼈던 설렘

빗소리가 정적을 깨고
가지에 매달렸던
생각 덩어리가 툭 떨어질 때

비로소 현실로 돌아와
창에 부딪히는 빗물과 하나가 된다

이런 날이 좋다
비 오는 날이 좋다
혼자 깨어 빗소리를 듣는 날이 좋다

당신이 있어서

당신이 있어서
웃고
다시 시작하고
꿈꿀 수 있습니다

조용히 건넨 한마디에
용기를 내고
세상과 맞설 수 있습니다

좋은 인연으로 함께하는 우리는
의지하며 살아가라고
하늘이 내린 선물 아닐까요

당신이 있어
따뜻한 당신이 있어
작은 것 하나도
커다란 의미로 다가옵니다

당신이 행복하면 좋겠습니다

힘들었던 지난 일에 얽매여
아픈 기억에서 벗어나지 못해
잠 못 이루는 당신이
이제는 행복했으면 좋겠습니다

선명하게 남은 기억이
늦은 밤 툭툭 상처로 올라올 때
과감히 터트려 아물도록
마음을 정리했으면 좋겠습니다

새로운 날
지난 일은 묻고
상처받은 영혼을 가여워하며
자신을 소중히 대했으면 좋겠습니다

잘 견딘 것에 감사하고
씩씩하고 유쾌한 내일을 약속하며
당신의 삶을 살았으면 좋겠습니다

당신 인생이
꽃처럼 예쁘고 투명한 햇살처럼 밝은 날이 반기니
무조건 행복했으면 좋겠습니다

가라고 내버려 둬라

가라고 내버려 둬라
떠나기로 마음먹은 사람
잡는다고 달라질까

머무르는 시간
잠시 늘린다고 나아질까
벌어진 거리만큼
이미 마음은 떠났다

결국
처음 마음먹은 대로
떠나는 것이 시나리오다

받아들이자
진리를 거스른다고
달라질 게 없다

거기까지인 인연을
고무줄처럼 늘린다고
무엇이 달라질까

억지로 늘리면
상처 나고 곪아
부작용만 생긴다

내버려 뒤라
함께 있는 것은 내 몫이고
떠나는 것은 떠나는 사람 몫이다

가끔 생각나겠지
치밀어 오르는 설움도 있겠지
그것까지만 하자
그리고 세월을 믿자
지나면 괜찮아진다

이래도 한세상, 저래도 한세상
미련 버리고
순리대로 살면 그만이다

둘

지금
시작하라!
그리고
행복하라!

결정했어 행복하기로

오늘 나는
많이 웃기로 했어요
걱정 따윈 멀리 보내고
아무 걱정 없는 아이처럼
방긋방긋 웃기로 했어요

오늘 나는
칭찬 한마디 아끼지 않기로 했어요
만나는 사람마다 좋은 점 찾아
기분 좋은 한마디 잊지 않기로 했어요

오늘 나는
행복하기로 했어요
마음먹은 만큼 행복이 따라오니
두 팔 가득 벌려 내게 안기는 행복
밀어내지 않기로 했어요

오늘 나는
선물하기로 했어요
적당히 씩씩하고
적당히 감성적이고
적당히 울보인 내게
예쁜 꽃다발 선물하기로 했어요

내 삶은
남이 살아주지 않아요
내 방식대로 즐겁게 사는 것이
지혜롭고 현명하니까요

다시 시작

시작은 어설프다

수많은 시행착오를 거치고
뜻밖의 실수로 손해를 보거나
신뢰를 잃기도 한다

하지만
그것을 겁내
시작하지 않으면
아무것도 못 한다

누구나
처음이 있고
실수도 하고
넘어지며 배운다

생각 저편에
아쉬운 삶이 있는가
이런저런 핑계로
생각만 하다 접은 삶이 있는가

지금 시작하자
시작하기 좋은 날은 오늘이다
내일은 또 그만큼 시간이 흘러
더 망설여진다

하루 방정식

똑같은 하루의 시작
특별할 것 없는 평범한 일상

오늘은 어떤 단어를 넣어
특별한 날로 만들까

'그리움'이라는 애절함으로
사랑을 만들까

'설렘'이라는 뛰는 가슴으로
행복을 만들까

'음악'이라는 음표를 넣어
추억을 만들까

오늘 하루 방정식은
미움은 빼고
슬픔은 나누고
기쁨은 더하고
배려는 곱하고

사랑, 행복, 추억으로
하루 값을 구해
즐거움으로 마무리해야지

등불

삶이 벅차고
어둠이 밀려올 때
마음 밝혀줄
등불 하나 선물할래요?

스스로 마련하면 좋으련만
하지 못하고 자꾸 길을 잃어요
당신이 하나 선물하면 어떨까요

삶에 지쳐 주저앉고 싶은 날
가슴 깊이 간직한 당신 선물 보며
마음에 환한 불 밝힐게요

딴 사람이 아니라
당신이 주었으면 좋겠어요
마음에 용기 주는 든든한 등불 하나

인생 태풍

살다 보면
뜻하지 않는 태풍을 만나
헤매는 날이 있습니다

길을 잃고
만신창이가 되고
살려고 몸부림칠 때가 있습니다

온몸에 상처가 나 절망하는 순간에도
높은 파도를 이겨야 하고
거친 바람을 이겨야 하고

언젠가는 끝이 올 거라는 희망
언제 그랬냐 하고 순풍이 올 거라는 긍정
그렇게 인생의 태풍을 이겨냅니다

365일 태풍은 없습니다
강력한 태풍에 맞서고 있으면
이 밤이 지나면 잔잔해진다고 믿고
힘내길 바랍니다

나를 믿는 한 사람

어떤 꾸지람보다
어떤 처벌보다도
강력한 무기가 있다

효과 만점
배려 만점
믿음 만점

그것은
가슴을 울리는
한마디

"널 믿어
누가 뭐라 해도 널 믿어"

나를 믿는 사람
하나만 있어도
묵묵히 견디고
다시 시작할 수 있다

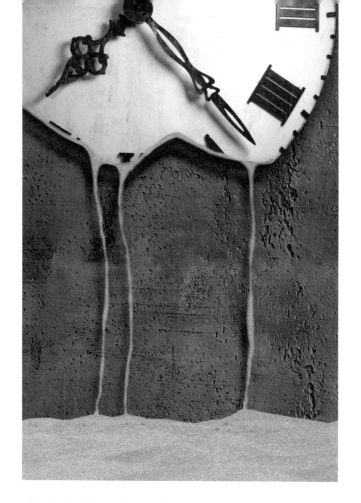

우리가 잘못 아는 것들

언제나 시간이 많은 줄 안다
헛되게 보내다 나이만 먹는다
소중하게 관리하자

날 위하는 사람이
영원히 곁에 있을 줄 안다
혼자일 때가 갑자기 온다
아낌없이 사랑하자

항상 건강할 줄 안다
아파보지 않은 사람은
자신만만하여 건강에 소홀하기 쉽다
산에도 다니고 여행도 다니며 건강할 때 지키자

언제나 총명할 줄 안다
기억력이 뚝 떨어져 당혹스러운 날이 온다
메모하고 되새기고 노력하자
반복하는 방법밖에 없다

시간이 많이 남았을 것 같아도
주변 일을 보면 그렇지 않다
그렇다고 조급하거나 불안해하지는 말자
조금 더 부지런하고, 조금 더 생각하고
조금 더 실천하며 지혜롭게 살면 된다
하루하루가 마지막인 것처럼

지금 시작하라! 그리고 행복하라!

꿈꾸는 것이
사치일 때가 있었다

그날그날
살아가는 일도 벅찼고
비껴갔으면 했던 일이
여지없이 일어났다

꿈꿀 여유도 없었고
이루지 못할 거라며 잊고 살았다
힘겹게 하루하루를 살아냈다

어느 날 문득
왜 사는지
많은 세월 무엇을 했는지
공허함이 끝없이 밀려왔다

찾아야 했다
꿈틀대던 내 꿈을
이루지 못한 내 꿈을

어릴 적 간절했던 꿈을 찾아
시인이 되고
수필가가 되어
열심히 글을 썼다

지금. 행복하다
나머지 인생도
다른 꿈에 도전하며
나이를 잊을 것이다

언제까지 핑계만 댈 것인가
늦지 않았다
지금 시작하라
그리고 행복하라

나는 괜찮다

괜찮다
나는 괜찮다
풀이 조금 죽었을 뿐이다

가끔은 인내가 한계를 만나
숨었던 성질머리가 폭발해서
감당 못 할 때도 있지만

살아온 세월이 약이라
금방 훌훌 털어 버릴 줄 아니
괜찮다
나는 괜찮다

발걸음

오늘 내딛는 발걸음은
희망에 다가가는
발걸음이었으면 좋겠습니다

돌부리에 걸리기도 하고
생각지도 못한 장애물에
좌절할 수도 있겠지만

아무것도 아니라고
살아온 날이 삶의 밑거름이라고
스스로 위로할 수 있었으면 좋겠습니다

한 발 한 발 내딛는 발걸음이
도전이고
용기이고
희망이면 좋겠습니다

동행하는 인연

가볍게 지나치는 인연과
마음 한구석을 차지하며
용기와 위로가 되었던 인연

젊은 날엔 스치는 인연이 많았는데
지금은 머무는 인연이 많습니다
살아온 세월만큼
마음을 나누는 것에 신중해진 탓이지요

삶에 동행하려는 사람이 있으면
한 명이라도
깊고 진중하게 생각합니다

오래오래 함께할 인연인데
숫자에 연연할 필요가 있을까요?
한 명이라도
정성을 쏟고 마음을 주면 됩니다

한 살 더 먹으면 어때

세월 빨리 간다고
불안해하는 당신에게

앞날을 걱정하며
잠 못 이루는 당신에게

현실에 만족하지 못하고
힘들어하는 당신에게

시원한 한마디 하는
누군가가 있었으면 좋겠다

나이 한 살 더 먹으면 어때
마음이 넉넉해져 좋은 걸

하루쯤 고민하면 어때
오늘을 열심히 살면 되는 걸

주름살이 늘면 어때
웃음 주름이 예뻐져 좋은 걸

그래 어때 까짓것
마음 따라
얼굴도 변하고
얼굴 따라
행동도 바뀌는 걸
모든 게 생각하기 나름이야

행복해서 웃는 게 아니라
웃어서 행복한 거야
많이 웃어 행복한 날 만들면 돼

물 흐르는 대로

'물 흐르는 대로'라는 말이
좋습니다

인연이 있을 때는 함께하고
인연이 끝나면 떠납니다

사람만 아니라
모든 것이 그렇습니다

원하든
원하지 않든
어김없이 계절이 오고 가는 것처럼

못 입고 못 먹고 마련했던 집도
청춘을 바쳤던 일터도
눈에 아른거리도록 예뻐 샀던 가방도
정성을 쏟았던 화분도
인연이 끝나면 덤덤해지고
마음에서 떠납니다

아쉬움에 억지로 잡지 마세요
마음만 뒤숭숭합니다
가벼이 여기며
물 흐르듯 받아들이세요

잊지마!

우리가
무엇을 위해
사는지

우리가
누구를 위해
노력하는지

하루하루 결과로
조바심이 들면

잊지 마!
모든 것은
무언가를 이루려고
쏟아내는 열정과 노력이
함께하는 과정이라는 걸

잊지 마!
그 과정에서
행복도 알게 되고
휴식도 알게 되고
누군가의 관심과 사랑도 알게 된다는 걸

12월 일기

가라고 말한 적 없는데
대책 없이 떠난 시간 앞에
허락 없이 새해가 서성거린다

하얀 눈이 내려야 할 계절에
어쩌자고 자꾸 비가 내리는지
누군가의 눈물처럼 아프기만 하다

눈 위에 발자국을 남기는 대신
질척이는 빗물에 내딛는 발걸음은
바위라도 매단 듯 무겁다

열심히 살았다고 위로해도
12월은 늘
아쉬움과 허전함으로 마음이 고프다

사랑할 때 알아야 할 것 ²

사랑이란
마음에 사람을 담는 것이다

사랑하기 전에는
일상이었던 것이
시시때때로 마음을 휘젓는다

어떤 날은 설렘이 가득하고
어떤 날은 서운함에 눈물짓고
어떤 날은 혼자보다 외롭다

사랑할수록
내가
이해하기 어렵고
감당하기 어렵다

서운한 마음

친한 사이일수록
작은 것 하나로
서운해질 수 있다

똑같은 말과 행동이라도
안 친한 사람이 하면
아무렇지도 않은데

이유는 하나
더 아끼고 사랑한 탓에
사소한 것으로도 서운하다

서운함은 잠시지만
그 마음 극복하려면
상대방이 미안한 마음을 갖게
차라리 더 잘해주자
서운했던 마음도 속 시원히 말하고

함께여서 행복해요

누군가와 함께하려면
많은 시간과
많은 노력과
많은 배려가 있어야 합니다

인간은 한순간에도
마음을 닫으니
사소한 말 한마디
작은 행동 하나도
조심해야 합니다

함께여서 좋은 사람들
함께여서 행복한 사람들
오늘 곁에 있는 사람들
인연으로 이어진 사람들이
모두 모두 행복했으면 좋겠습니다

여백이 있는 삶

화면 가득한 풍경보다
한쪽에 다소곳이 놓인
낡고 작은 의자가 눈에 들어온다

멀리서 어둠을 뚫고 오는
작은 점 같은 햇살이
뭉클한 감동으로 다가오듯

가진 것 많아 넘치는 사람보다
부족해도 정을 나누는 사람이 아름답다

내 안에 가득한
넘치는 생각과 욕심을 줄이고
여백이 있는 삶을 살고 싶다

누구에게나 처음은 있다

무언가를 시작할 때는
망설임이 앞선다

잘 알지 못하고 서툴러서
잘할지 걱정되어
포기하는 건 아닌지 자신이 없어
수많은 생각이 발목을 잡는다

누구나 시작은 두렵다
서툴고 확신 없는 일을 시작할 때
똑같이 느끼는 마음이다

그러다 익숙해지면 자신감이 생기고
요령이 쌓이면 어느새 전문가가 된다

이렇게 생각하자
"누구에게나 처음은 있다
아직 익숙하지 않을 뿐이다"

마음 빈터

마음 밭을 둘러보니
작은 빈터가 많았네요

작고 예쁜 들꽃이 있고
기억 속에 함께한 바닷가가 있고
어릴 적 소망 담아둔
꿈 상자가 있었네요

한동안 방치한 미움 밭도 있고
마음에서 밀어낸 아픔 밭도 있고
외면하고 싶던 고통 밭도 있었네요

언제든 거닐고 싶도록
마음 빈터에
사랑 씨앗 하나 뿌리겠습니다
지친 맘 쉬어갈 의자도 들이고

예쁜 것만 자라도록 가꾸겠습니다
마음 빈터에
물도 주고
거름을 주고

"놀러 올래요?"

살다 보면

수많은 날 가운데
지치는 날
어찌 없겠습니까

노력해도 안 될 때
뭐하는가 싶어
막막할 때 있지요

문득 허무해지고
사막 한복판에 놓인 것 같은
몹쓸 그 느낌

이해합니다
공감합니다
누구나 그럴 때 있지요

하루하루 사는 것이 전쟁이지요
그 속에서 운 좋게 하루를 견뎠지만
내일의 불안이 앞서는 날

살다 보면
어찌 살아지겠지요
그러다 보면
어둠 뚫고 아침 오듯
한 줄기 빛 보이지 않을까요

끝은 또 다른 시작

한 해의 끝자락에 서면
거리에 비틀거리는 사람들

오랜만에 만난 친구. 지인과
반가운 마음에
시간 가는 줄 모르고
한잔 기울이다 보면
취하기도 하겠지

그 사람들 마음에는
반가움보다
한 해를 보내는 허전함과 아쉬움이
크지 않았을까

한 잔 술로 달래며
기억하기 싫은 일과 묵은 감정을
털어버리고 싶었을지도

그래
이해하겠다
나도 같은 마음이니까

하나만 기억하자
끝은 늘 또 다른 시작을 선물한다는 거
그래서 우리가 다시 힘낼 수 있다는 거

셋

꽃 피고
지는
날에

행복 예약

오늘도
눈부신 햇살이 반길 것이고
좋은 사람들의 유쾌한 웃음소리가 행복하게 할 것이다

바쁜 일과에도
커피 한 잔이
하늘을 바라볼 여유를 줄 것이고

책상 앞에 앉았을 때
작은 노트에 새겨 넣을
어느 시인의 감성 글 한 줄이 행복하게 할 것이다

문득 누군가가 떠올라 전화하고
목소리로 전해지는 편안에 안도하며
싱긋 웃을 것이다

사는 건 이런 거다
평범한 하루하루가
인생을 행복으로 채운다
내 행복은 내가 만든다

오늘 행복 예약
무조건. 무조건

마음가짐

당신이 미소 지으면
행복이 따라와요

당신이 마음 비우면
갈등이 사라져요

당신이 집착을 버리면
사랑이 머물러요

당신이 긍정을 말하면
부정이 도망가요

당신이 꿈을 말하면
꿈이 다가와요

당신 마음가짐에
바퀴 달린 행복이 달려와요

봄날은 간다

원하든 원하지 않든
똑같이 하루가 주어지고
어떻게 보내도
똑같이 하루가 간다

누군가의 하루는
만족과 미소로 마무리하고
누군가의 하루는
아쉬움과 후회로 마무리한다

이 좋은 봄날에
하늘이 맑은지
꽃이 피었는지
느끼지도 못하는 사람들

습관처럼 바쁘다는 핑계로
앞만 보고 달리다 놓치는 것이
얼마나 많은지

밀어내지 않아도 가고
붙잡지도 못하는 봄날이
오늘도 멀어진다

인생의 봄날도
그렇게 간다
맘껏 즐기고 느껴라

사랑할 때 알아야 할 것 [3]

사랑은
사랑하겠다고 마음먹고
하는 게 아니에요

가랑비에 옷 젖듯
자신도 모르게 신경을 쓰고
자꾸 눈에 아른거리고
조금씩 궁금하게 되죠

그렇게 예고 없이
한 사람이 마음에 스며들어
가득하게 됩니다

작정하고 시작하지 않아도
이미 가득한 것이
사랑입니다

그 사랑 소중하게 간직하세요
가슴 뛰는 그것이
다시는 안 올 수도 있으니

어떤 인연

살다 보면
사람 때문에 상처받고
사람 때문에 치유 받는다

떠나는 사람
곁을 지키는 사람
다시 돌아온 사람
새로 다가오는 사람

떠나는 사람은
서운했거나 실망했다
떠날 때는 까닭이 있다

곁을 지키는 사람은
진심을 안다
작은 일에 실망하지 않고
믿음으로 기다린다

되돌아온 사람은
구관이 명관임을 알았다
언제 핑계를 대고
멀어져 갈지 모른다

다가오는 사람은
누군가가 떠난 자리를
조용히 채운다
이렇게 새로운 인연이 시작한다

모든 사람이 머물지 않는다
모든 사람이 만족하지 않는다
세상은 돌고 돌아
떠났다가 되돌아오고
머물다가 떠난다

떠나는 자 떠나게 하라
상처받지 말자
그러려니 하자
빈자리를 채우는 또 다른 인연이 온다

오월의 편지

모든 걸 알지 말자
삶이 여유를 잃고
송곳처럼 뾰족한 마음에
상처가 생기고 조급증이 온다
넘치지 않은 것을 오히려 감사하자

일어나지 않은 일에
걱정을 담지 말자
부족하면 부족한 대로
하루를 살면 된다
마음이 병들면 세상은 암흑이다

모든 건 지나간다
좋은 것도 한때이고
힘든 일도 한때이다
지나면 그랬었지 하고
추억하게 된다

라일락 향기 가득한
이 좋은 오월에
마음에 가득 향기를 담자
겁 없이 쏟아내는 독기가 아니라
누구라도 느낄 마음의 향기를

좋은 사람

모든 사람에게 좋은 사람은
나에게 좋은 사람이 아니다

다른 사람에게 무관심해도
나에게 신경 쓰는 사람이
좋은 사람이다

모두에게 잘할 필요는 없다
모두에게 잘 보일 필요는 없다
모두에게 마음 쓸 필요는 없다

그 에너지를
좋아하는 사람에게 써라
주는 사람도. 받는 사람도
기쁨 두 배
행복 두 배이다

향기

멀리 있어도
향기가 나는 사람은
사소한 것에도
정성을 심은 사람이다

그 사람의
독특한 향기는
사람 마음을 사로잡는다

'끌림'이란 비타민을
품었을 것이다

마음 도둑

한순간에 마음을 빼앗는
사람이 있다

처음 봤는데도
괜찮은 사람이라는 느낌이 오는 사람

눈을 맞추고
고개를 끄덕이고
맞장구를 쳐주며
진솔함을 느끼게 하는 사람

상대의 말을 끊고 끼어들지 않으면서
적절한 시기에 자신을 드러내는 사람

배려가 묻어나는
말 한마디, 행동 하나로
마음을 송두리째 뺏는
예쁜 마음 도둑을 만날 때
세상 사는 맛을 느낀다

오늘 우리
기억에 새길 만큼
상대방 마음을 뺏어볼까?

내 하늘은

눈부신 미소가 가득한 하늘입니다
커다란 도움은 아니라도
따뜻한 마음 나눌 사랑이 있기 때문입니다

토닥토닥 위로하는 하늘입니다
쉬고 싶어 올려다볼 때
지친 어깨 감싸며 잘한다고 말하는
격려가 있기 때문입니다

마음을 정화하는 하늘입니다
미움이라는 단어가 떠오를 때
미워하는 사람이 더 힘든 걸 일깨우는
반성이 있기 때문입니다

내 하늘은
그날그날 수많은 얼굴로 다가오지만
마음에 따라 여러 색깔을 냅니다

맑고 청명한 하늘빛
먹구름 가득한 잿빛
금방이라도 쏟아질 듯 비바람 품은 검은빛

오늘 내 하늘은
청명한 하늘입니다
내일 내 하늘은
위로의 하늘입니다
당신의 하늘은 어떤 색깔입니까?

마음 가는 대로 살아보자

생각이 지나치게 많아
망설이는 일이 얼마나 많은가
해보지도 않고
포기한 일이 얼마나 많은가

이건 이래서
저건 저래서
남들 이목 때문에 못 하는 일들
폐 끼치는 일이 아니면
마음 가는 대로 해보자

남에게 이상해 보일까 봐
행동이 사차원 같을까 봐
많이도 포기하고 살았다

시도도 안 하는 것보다
속 시원하게 하고 후회하는 게
낫지 않을까

인생 길지 않다
남의 인생을 살다 가기에는
남은 시간이 많지 않다

오늘은
마음 가는 대로 해보자
마음 가는 대로 내 인생 살아보자

진정한 휴식

멋진 경치가 눈앞에 펼쳐져도
마음이 편치 않으면
즐겁지 않다

몸이 힘들고 고달파도
마음이 편하면
발걸음이 가볍고 행복하다

진정한 휴식은
마음이 편할 때 찾아온다

마음에 짐이 있으면
생각만 많아지고
편안한 휴식이 오지 않는다

늦은 후회

고마운 걸
고마워할 줄 모르고
당연하게 생각하는 사람에게

미안한 걸
미안해하지 않고
지나치는 사람에게

약속을 어기고도
언제 그랬냐는 듯
아무렇지 않게 행동하는 사람에게

습관이 되어서 그렇다고
변명 같지 않은 변명을 하는 사람에게

주변 사람이 하나둘 떠나간다
어느 날
그 사람은 혼자가 될 것이다

좋은 사람들이 떠나갔을 때
있을 때 잘할 걸 하는
늦은 후회로 가슴을 치게 된다

사람 마음은 한 번 닫히면
되돌리기 어려운 것을
왜 모를까

함께하는 사람이 있는 것이
얼마나 축복인지 왜 모를까

입장 바꿔 생각해봐

한 번쯤
네가 내가 되고
내가 네가 되어
서로의 입장으로
살았으면 해

그렇다면
이해 못 할 게 없겠지
마음이 어땠는지
어떤 생각으로 말했는지

가끔은 그래
온전히 네가 되어
네 맘에 들어가고 싶어

말의 힘

감사하다고 말하니
감사할 일이 생기네요

사랑한다고 말하니
상대방도 사랑한다 하네요

웃으며 말하니
기분이 좋아진다 하네요

수고했다 말하니
내가 더 수고했다 하네요

말에
고운 마음이 더해져
내게 오네요

꽃 피고 지는 날에

오랜 시간 함께하여
많은 추억을 공유하고
무슨 이야기든 맞장구칠
친구가 곁에 있었으면 좋겠다

어린 시절 꿈을 공유하고
젊은 시절 희로애락을 나누고
서툴게 가정을 이루고
아이들 키우는 모습을
지켜봤던 친구

꽃 피고 지고를 반복하며
어느새 중년의 나이가 되어
그래도 열심히 살았다고
서로 위로할 수 있는 친구

그만하면 됐다고 토닥이고
애썼다고 선물하며
함께 여행할
친구가 곁에 있었으면 좋겠다

꽃 피고 지는 어느 날
하나가 홀연히 먼 길 떠나도
추억하며 살아갈 예쁜 기억을 주는
친구가 곁에 있었으면 좋겠다

위로하고 싶은 날

위로하고 싶은 날
조용히 꺼내 보며
마음 안정을 찾을 것이 있었으면

가장 기쁠 때가 언제였을까
가장 편안한 때가 언제였을까
가장 상쾌한 때가 언제였을까

생각해 보면
좋은 날이 많았을 것이다

메모지를 꺼내
하나하나 나열하자
어느새 괴로운 일 잊고
살며시 미소 지으며
다가오는 행복을 느낄 것이다

당신이었나요

당신이었나요?
바람결에 봄이 온다고
속삭였던 사람이

당신이었나요?
비가 와도
젖지 말라던 사람이

당신이었나요?
조금만 참으면
좋은 일이 있다던 사람이

당신이었나요?
소리 없이 흐르는 눈물
바람결에 닦아준 사람이

당신이었군요!
표시 내지 않고 맘 써준 사람이
당신이었어요
늘 날 아끼고 사랑하던 사람이

들꽃

애처롭게 비를 맞는구나
바람까지 부는데
심하게 흔들리는 네 몸이
중심을 잡으려고 안간힘을 쓰는구나

모진 인내로 피운 작은 꽃잎 하나가
바람에 툭하고 떨어져 비에 젖어 뒹굴 때
가슴 한쪽이 무너지는 기분
나는 안다

노력한 결과가 물거품 될 때
포기하고도 싶겠지
더는 꽃을 피우려고
안간힘 쓰고 싶지 않겠지

그래도 그 마음 떨치고 이겨내는 널 보면
힘든 내색 않고 견디는 널 보면
누군가를 닮은 것 같아

그 사람도 너처럼 씩씩하고
꽃잎을 떨군 바람 탓하지 않고
자신의 부족을 채찍질하며 다시 힘내거든

커피 한잔할래요?

모닝커피 한 잔에
펼치지 않은 오늘이
하얀 도화지에 그려진다

연필로 그린 희미한 시간도 있고
또렷이 채색한 약속 시간도 있고

예상치 못한 만남과 일어날 일이
설렘으로 다가오는 것은
수많은 가능성이 함께하기 때문이다

누군가 오늘
'커피 한잔할래요?' 하면
'이 시간만큼 당신에게 휴식을 느끼고 싶어요'로
여기면 되겠다

이 시간으로도
에너지를 얻는다는 뜻이니
당신이 함께하고픈 사람이라고
해석해도 되겠다

나쁜 기운을 주는 사람에게는
커피 한잔 소리가 안 나오니

당신.
오늘 커피 한잔할래요?

넷

사랑
한스푼
행복
두스푼

하루쯤은

하루쯤은
묵묵히 담을 오르는 담쟁이처럼
침묵하며 전진할 것

하루쯤은
큰 감동과 기적보다
잔잔한 울림에 감사할 것

하루쯤은
꾸역꾸역 눌렀던 서러움을
맘껏 내뱉으며 울 것

하루쯤은
전시회도 찾고
연극도 보고
꽃도 사서
자신을 위로할 것

하루쯤은
똑같은 하루보다
작은 변화가 있는
하루를 만들 것

하루쯤은
높은 곳이 아니라
낮은 곳을 바라보며
함께하는 마음을 가질 것

생각 정리

한 주를
한 달을
마무리하는 날에는
생각이 많아진다

잘 살았는지
얼마나 노력했는지
불평불만으로 시간을 낭비하지 않았는지
다른 이에게 어떤 모습으로 기억될지

부족한 것만 머리에 남아
마음이 불편하다
가끔은 나만 힘든 게 아닌지 반문한다
내가 진 짐은 언제나 무겁다
남도 비슷할 텐데

이럴 땐 생각을 청소하자
내일은 새날이 올 것이다
마음에 꽃향기 가득한 따스한 봄이 온다

미루지 않겠습니다

불편한 마음, 괴로운 감정을
내일로 미루지 않겠습니다
그러면 하루가 더 불편해집니다

오늘 스트레스를
내일로 미루지 않겠습니다
머릿속이 복잡한 일을
그날그날 정리하여
새로운 하루를 맞겠습니다

고맙고 미안한 마음을
내일로 미루지 않겠습니다
사랑한다, 아낀다, 보고 싶다는
말도 미루지 않겠습니다
기회를 놓치면 후회합니다

오늘 느낄 행복을
내일로 미루지 않겠습니다
쌓아두면 불어날 것 같지만
시간이 지나면 사라집니다

마음을 얻는 일

다른 사람의 마음을 얻고 싶은가

사랑을 독차지하려고
자신만 바라보라고 강요한다고
사랑이 오지 않는다

자신에게 서서히 물들게 하려면
마음을 움직이는
말과 행동, 마음 씀씀이에 보여야 한다

마음 달라고 어린아이처럼 떼쓴다고
모든 게 해결된다면
온통 떼쟁이만 있을 것이다

자신을 사랑하게 하는 방법은
그 사람에게 내가 서서히 젖어들도록
소소한 것까지 마음 쓰는 것이다

선물

한 사람에게 집중하는 시간
선물을 고르고 만드는 시간은
설렘으로 가득하다

오로지 한 사람만 생각하고
그의 눈빛과 생각, 말투까지
온전히 함께한다

누군가에게
선물을 준다는 건
그 사람을 생각하고
그 사람을 이해하고
온 정성을 기울여
마음에 그 사람을 채워 넣는 것이다

그래서
받는 사람보다
주는 사람이 행복하다

비가 와서 좋은 날

바라만 봐도 좋은
손을 내밀어도 좋은
흠뻑 적셔도 좋은
비 내리는 아침

마음에 쌓인 먼지를
조용히 씻어 줄 것 같은
마음에 쌓인 갈등을
조용히 해결할 것 같은
마음에 묵은 감정을
깔끔하게 없앨 것 같은

참 좋은 날

감성 백배 되는 날
편지 쓰고 싶은 날
커피 마시고 싶은 날
멀리 있는 친구가 보고 싶은 날

비가 와서 더 좋은 날

행복 주머니

지난 시간
더 많이 가지려다
무엇을 놓쳤을까

행복은 늘 곁에 있는데
먼 곳 무지개를 바라보다
무엇을 살피지 못했을까

생각나면 언제든 목소리 들을 수 있고
차 한잔하며 일상을 이야기할
든든한 사람이 있는 걸
잊었습니다

풀잎 향 가득한 공원을 두 발로 걸을 수 있고
언제든 달려가 작가와 만날 서점이 있는 걸
잊었습니다

가고픈 곳 어디든 데려갈 자동차가
늘 함께하는 걸
잊었습니다

시간이 없다는 핑계만 댈 뿐
하면 된다는 생각을
뒷전으로 미루고 살았습니다

이제는
흘렸던 행복을
주위에 맴돌았던 행복을
주워 담겠습니다

여기저기 흩어진 행복 주머니
하나하나 거두며 살겠습니다

행복이 머무는 시간

아침에 눈을 뜨면
평화로운 하루가 반기고
익숙한 가족의 일상은
행복이 머물게 합니다

오늘 할 일을 생각하며
출근을 재촉하는 모습도
일하는 행복이 머물게 합니다

해결되지 않을 것 같던 문제가
어느새 마무리되고
자유를 찾았을 때는
절망했던 순간조차 소중합니다

잠시 봐도 좋다며 찾아오는 친구가 있고
찾아갈 곳이 있는 나는 행복한 사람입니다

소소한 일상에 감사할 줄 아는 나는
행복이 오래 머무르는 마음 부자입니다

이런 마음으로 살고 싶다

늘 같은 일을 해도
어느 날은 쉽고
어느 날이 유난히 꼬인다

이런 날은 이렇게 생각하자
'그럴 수도 있지'
좋은 날만 있지는 않으니까

누군가에게 모함을 받으면
당장 따지기보다
누구도 환영하지 못하는
그 사람의 못난 습관이라 생각하자
부러워서 그런다고 생각하자
자기보다 못한 사람은
잘 헐뜯지 않으니

사람마다 장단점이 있다
성공한 사람에는 그만한 까닭이 있고
부자인 사람은 그만의 비결이 있다

성공한 사람이라고 단점이 없겠는가
지위가 높다고 단점이 없겠는가
받아들일 것만 받아들이면 된다

'뭐 어때
그럴 수도 있지
삶이란 흑과 백이 공존하는 거지'라고 여기면
마음이 잔잔한 호수가 되겠지

이 가을엔

사랑하게 하소서
작은 서운함에
속 깊은 사랑을 잃지 않도록

여유롭게 하소서
결과를 빨리 확인하려는 조급증으로
더 실망하지 않도록

돌아보게 하소서
늘 곁에 있어
당연하고 무심했던 인연이 없었는지

이 가을엔
굳게 닫힌 마음을 열고
먼저 다가갈 여유를 함께 주소서

특별할 것 같은 다른 이의 삶도
알고 보면 비슷하다는 걸 깨닫게 하소서

그리하여
주어진 모든 것에 감사하며 살게 하소서

사랑 한 스푼 행복 두 스푼

오늘 만나는 인연에
사랑 한 스푼 행복 두 스푼
살며시 넣으리라

커피 향 가득 담은 잔에
설탕과 프림 대신
기쁨 세 스푼 감동 네 스푼
넣으리라

하루를 마치고
가슴 뿌듯한 설렘으로
작은 노트에 이렇게 기록하리라

내일도
사랑 한 스푼 행복 두 스푼
살며시 선물하겠다고

바라는 건

삶이 잔잔했으면 좋겠습니다
쉽게 성내지 않고
쉽게 흥분하지 않고
흐르는 물처럼 고요했으면 좋겠습니다

괴롭고 슬픈 일이 있어도
표 내지 않고 혼자 간직하다
이내 평온해졌으면 좋겠습니다

세상이 내 뜻과 다르게 흘러
힘이 부치고 쉬고 싶을 때
마음 가는 대로 훌쩍 떠나는
용기가 있으면 좋겠습니다

세월이 흐르고 나이를 먹어도
어린아이 같은 순수를 지켰으면 좋겠습니다

사랑에 대가를 바라지 않고
주는 것이 익숙했으면 좋겠습니다
이 행복을 오래 느꼈으면 좋겠습니다

우연히 오는 행복은 없다

준비하지 않은 사람에게
자기 인생을 방치한 사람에게
찾아오는 행복이 있을까

우연히 정말 우연히
행복이 걸어왔다가도
게으름에 고개 저으며
성큼성큼 걸어 나가지 않을까

세상에 거저 얻는 것은 없다
노력과 땀과 인내가 어우러져
크고 작은 성취감을 만들고
행복을 얻는 것이다

노력 없이 바라지 말자
인내 없이 얻으려 말자
세상은 준비한 사람에게 원하는 걸 준다

기도하는 마음

건강을 잃은 사람은
건강한 삶을 달라고 기도하고

사랑을 잃은 사람은
사랑을 돌려달라고 기도한다

형편이 어려운 사람은
돈을 달라고 기도하고

직장이 없는 사람은
일자리를 달라고 기도한다

간절한 바람이 기적처럼 이루어지면
초심을 잃고 언제 그랬냐는 듯
소홀해지는 게 사람 마음이다

열심히 하지 않고 바라면
결국 제자리로 돌아오니
기도하는 마음으로 초심을 잃지 않기를

인생 내비게이션

내비게이션을 켜고 운전하다 보면
가끔 경로를 벗어났다는 말이
다급하게 나옵니다

아는 길이면
그러거나 말거나
가고 싶은 대로 가지만
처음 가는 생소한 길이면
당황스럽습니다

인생길도
마찬가지입니다
가본 길이 아니기에
경로를 벗어나면
깜짝깜짝 놀라지요

하지만
너무 걱정하지 마세요
조금 돌다 보면
목적지에 도착할 테니

겁부터 먹고 가지 않으면
무슨 소용이 있을까요
벗어났다 돌아왔다 하는 게
인생입니다

바보

알면서도
속상해할까 봐
모른 척하는 바보

속으로 울면서도
가슴 아파할까 봐
웃는 바보

힘들면서도
함께 힘들어할까 봐
내색하지 않는 바보

손해인 줄 알면서도
사람을 잃을까 봐
손해를 감수하는 바보

소리치면 속이라도 후련할 텐데
싸움이 날까 봐
꾹꾹 참는 바보

우린 그렇게
바보인가 봅니다

참고 또 참고
그러다 곪아 상처투성이가 되어도
터트리지 못하는 바보

마음 착한 바보
속으로 눈물 흘리는 바보
그런 바보 옆에 또 다른 바보

바보들이라
늘 서로 토닥이고 위로하며
미안해하나 봅니다

때론 사막이 필요해

세상은 만만치 않아
생각보다 훨씬 복잡한 미로야

하지만 쉽게 생각하지
그러다 실수와 시행착오를 겪기도 해

세상은 가끔 제동을 걸어와
사막 한복판에서 길을 잃게 해서
혼자 극복하게 하지

힘들고 지쳐도 조금 더 견뎌봐

사막이 필요한 까닭을 알게 될 거야

내 인생은 내가 만든다

오늘 행복은
내가 만든다
좋은 생각으로 기분을 올리자

즐거웠던 여행
좋은 사람과 만남
누군가에게 들은 진심어린 칭찬
어려운 일 해결하고 느낀 성취감

이렇게 좋은 것이 많구나
이렇게 즐거운 일이 많구나

오늘 날씨는
맑고 맑은 행복 예감!
행복 열차 함께 탈래요?
행복 열차 추울발!

그런데도

조건 때문이 아니라
환경 때문이 아니라
외모 때문이 아니라

어느 날 문득
신경 쓰이기 시작하고
자꾸 마음이 헤집어지고
그러다 마주치면 심장이 쿵 내려앉고

그렇게 시작하여
부족한 것투성이고
가진 것 없이 가난하고
상처가 눈에 보여도
사랑하게 됩니다

사랑은
'그래서'가 아니라
'그런데도'입니다

비 오는 날의 그리움

"비가 와"
그가 말했다

"바람도 불어"
내가 말했다

지금
비바람이 몰아치는데
비가 온다고 말한 그는 어디에 있을까?

가장 행복한 사람

세상에서
가장 행복한 사람은
누구일까요

돈 많은 사람
하고 싶은 일 하는 사람
스스로 만족하며 사는 사람

모두 일부만 행복합니다

가장 행복한 사람은
지금 사랑하는 사람입니다

힘들면 쉬어 가요

몸이
마음이
늘 건강할 순 없잖아요

삐걱거리는 자신을 발견할 때
잠시 쉬어 가면 될 것을
내버려 둘 때가 많아요

그러다간 모든 게 귀찮고
삶의 의욕도 잃어
정신마저 황폐해져요
대가를 치르고 나서
되돌아보지 말고
신호가 오면 쉬어 가요

시간도, 상황도 탓하지 말고
몸과 마음을 치유할 걸 찾아요
내가 건강해야 세상이 있어요

다섯

별 빛
탓이야

감정 청소

감정을 얼마만큼 드러내야
편해질까

순간순간 기분에 울컥하고
미운 감정이 올라오면
다스리기가 어려워
심장이 방망이질한다

쓸데없는 감정이 겹겹이 쌓이고
실타래처럼 얽혀
마음이 무겁기만 하다

감정을 청소하자
나를 짓누르고 에너지를 낭비하는
감정을 다스리자

누군가를 향한
좋지 않은 감정을 청소하는 게
편히 사는 길이다

있잖아요

그런 날 있잖아요

괜스레 뒤숭숭한 날
정리도 안 되고
마음만 복잡한 날

생각이 꼬리를 물고
생각 주머니 안에서 헤매다
온밤을 꼬박 새운 날

"어디 아파?
안색이 안 좋아" 소리를
몇 번이나 듣는 날

그래요
까닭은 모르지만
마음에 빨간불이 켜지는 날이 있어요

그런 날은
한발 떨어져 지켜보세요
두서없는 이야기라도 들어주세요
다그치지 말고 조용히

그러면 안 될까요?

고맙다

남에게 보이기 싫은 내 모습에
힘없이 발걸음 옮기다
문득 눈에 띈 작은 찻집

구석 자리에 앉아
따뜻한 찻잔 두 손으로 감싸며
온기를 느낄 때

텅 빈 찻집은
추억이 묻어나는 음악이 흐르며
날 위로하는 공간이 된다
위축됐던 마음이
언제 그랬냐는 듯 사라진다

사람으로만 치유되는 줄 알았는데
차 한 잔도 위로가 되는구나

고맙다
이런 뜻밖의 공간도
마음을 읽고 음악을 전하던
주인의 배려도

새벽을 여는 사람

뜬눈으로 밤을 새우고
아침을 맞이한 사람은
보았을 것이다

어둠도 걷히기도 전에
새벽을 여는 사람을

버스 정류장을 향해
종종걸음치는 사람
단잠을 자는 자동차에
시동을 거는 사람

잠든 가족이 깰까 봐
까치발하고 다녔을 사람들
습관 같은 행동이지만
그 안엔 여러 사연이 있다

꿈을 찾아서
삶의 무게를 묵묵히 견디며
아침을 여는 사람에게
다가오는 아침은
희망으로 가득할 것이다

멋진 당신을
성실한 당신을
부지런한 당신을
응원합니다

모든 것은 때가 있다

아끼지 마라
좋은 음식 다음에 먹겠다고
냉동실에 고이 모셔두지 마라
어차피 냉동식품 되면
싱싱함도 사라지고 맛도 변한다
맛있는 것부터 먹어라

좋은 것부터 사용하라
비싸고 귀한 거
아껴뒀다 나중에 쓰겠다고
애지중지하지 마라
유행도 지나고 취향도 바뀌어
몇 번 못 쓰고 버리는
고물이 된다

특별한 날 기다리지 마라
그런 날은 고작 일 년에 몇 번이다
하루하루를 특별하게 만들어라
모든 것은 내 맘에 달렸다
오늘이 가장 소중한 날이다

때가 되면
어떻게 하겠다는 생각을 버려라
흰머리 가득해지고
건강 잃고 아프면 나만 서럽다
할 수 있으면
마음먹었을 때 바로 실행하라

언제나 기회가 있고
기다려 줄 거 같지만
모든 것은 때가 있다
그때를 놓치지 마라
너무 멀리 보다가
소중한 것을 잃을 수 있다

마음으로 쓰는 편지

마음이 허전할 때
찾고 싶은 친구야

곁에 있기만 해도
위로와 기쁨이 되는 친구야

예고 없이 닥친 시련에
방향을 잃고 비틀거릴 때
나쁜 생각이라도 할까 봐
마음 살피고 아픔 살피며
가슴으로 안던 친구야

세월이 지나도
어김없이 곁을 지키고
변치 않는 마음에
늘 고마운 너

이제 내가 위로가 될게
이제 내가 힘과 용기가 될게
너는 마음만 열어놓으렴
내가 들어가도록

말로는 다 전하지 못하는 마음
어제보다 오늘 더 사랑해
오늘보다 내일 더 사랑할게

별빛 탓이야

별빛이,
쓸쓸한 것인지

내 마음이
별빛을 닮은 것인지

왁자지껄
웃고 떠들다
돌아왔는데

내 마음은
더 깊은 침묵으로
빠져들고

괜히
그 자리에서
반짝이는
별빛 탓만 하네

하루하루를 잘 견디면

잘 견뎌냈구나
대견하고 대단해

오늘 저녁에는 자신을
이렇게 토닥이면 어떨까

가끔
거칠기만 한 사회와
의지할 곳 없는 현실은
혼자라는 생각에 빠지게 한다

그럴 때는
자신을 이렇게 다독이자
"오늘 하루를 잘 견디면
축복 같은 하루가 온다"

날마다 견디다 보면
어느새 좋은 일이 곁에 있다

아침을 좋은 기운으로 바꾸자
기분 좋은 생각으로 시작하면
실망하는 하루가 오지 않는다

길

한 번쯤 가본 길은
익숙함이 있어 편안하다

하지만
가보지 않는 길은
두려움이 있고
낯선 설렘이 있고
또 다른 세계가 있다

그 길을 앞에 두고
망설이다가 시간을 낭비하면

세월이 지난 어느 날
'그 길을 걸어야 했는데' 하며
가슴을 짓누르는
답답증이 찾아온다

선택의 길 앞에 선다면
두려움으로 포기하는 일은 없어야겠다

인생

시련을 몇 번 주고서야
선물을 안기는 게 인생이다
원하는 대로 이루어지면
간절한 소망이 생기지 않겠지

대부분 사람은
몇 번을 넘어져도
다시 시작한다

의도치 않은 일이 일어나
괴로워지는 게 인생이다
그때마다 기억하자
자신도 모르는 자신을

너는 눈부시게 아름답고
너는 따뜻한 가슴이 있고
너는 넘치는 에너지가 있다

사랑 그놈

사랑의 시작은
몹시 사소한 관심이고

사랑의 마지막은
몹시 작은 무관심이다

착각하지 말자

최선을 다하되
더는 바라지 말자

사람의 마음이란 게
내 맘 같지 않다

인간은 모든 것을
자기 관점에서
해석하고
받아들이고
행동한다

듣고 싶은 만큼만 귀를 열고
말하고 싶은 만큼만 입을 열고
담고 싶은 만큼만 마음을 연다

변하지 않는 사람에게
시간과 에너지를 낭비하고
달라지기를 바라지 말자
너만 다친다

자기만 생각하는
이기적인 사람은
변하지 않는다
그게 그 사람의 천성이다

내 안에 내가 없다

어느 날은
다양한 내가 보이다가
어느 날은
내가 아닌 다른 사람이 보인다

사람에 치이고
마음이 다쳐서
동동거리다 보면
나는 실종되고
다른 사람의 삶만 남았다

그런 날은
무언가 잃어버린 듯
마음이 허전하고
슬픔이 폭풍처럼 밀려온다

실종된 나
내 안에 내가 없다

시간을 다스려라

나이를 먹는 건
천천히 혼자가 되는 것입니다

혼자 있는 시간이 많아지고
혼자 하는 생각이 많아지고
혼자 먹는 밥이 많아집니다

시간을 다스리는 사람은
멋지게 나이를 먹습니다

외로움을 느끼지 못하게
취미를 가지세요
공허와 슬픔이 밀려오지 않게
자신을 바쁘게 하세요

둘러보면 할 일이 많습니다
바쁜 일상에서 놓쳤던 것
나만 생각하며 놓쳤던 것이
우리를 생각하면 떠오를 것입니다

나이를 먹는 건
자신을 되돌아볼 기회입니다
끝없이 도전하면
나이를 잊고 젊게 살 것입니다

내가 슬픈 건

내가 슬픈 건
가는 세월을 못 잡아서가 아니라
있는 시간도 못 쓰는 탓이다

내가 슬픈 건
가슴 뛰는 설렘을 못 느껴서가 아니라
어느새 무덤덤해진 탓이다

내가 슬픈 건
펄떡이는 청춘이 그리워서가 아니라
열정이 조금씩 사라지는 탓이다

내가 슬픈 건
가진 게 적어서가 아니라
가진 것에 감사하지 못하는 탓이다

내가 슬픈 건
마음만 바꾸면 행복한 줄 알면서도
아프고 절망하며 사는 탓이다

적당한 거리

너무 많은 기대가
실망을 주고

너무 많은 관심이
집착을 낳고

너무 많은 간섭이
멀어지게 한다

사람과는
적당한 거리가 필요하다

자기 합리화로 옥죄면
상대는 서서히 지쳐간다
결국 곁에 있는 사람이 멀어진다

떠나자, 여백을 즐기러

어둠이 가시지 않는 시간
일상을 벗어나
새벽 기차 한번 타볼까

어려울 것 없는데
왜 이리 어려운지
배낭 하나 메고 떠나면 될 것을

운전에 집중하며 느끼지 못한
창밖의 예쁜 풍경과 여유로움도 느끼고
작은 시집 하나 펼쳐 시인의 감성을 만나고
휴식 같은 하루 즐기면 어떨까

삶에 선물 같은 여백을 주자
깨알처럼 가득한 삶의 기록에서
하루쯤 백지를 만들어
숨 쉴 공간을 마련하자

떠나자
떠나 보자
나만의 여백을 즐기러

말의 온도

퉁명스러운 한마디가
마음을 닫게 하고
공격적인 한마디가
적대감을 만듭니다

상냥한 한마디가
따스한 정을 주고
걱정스러운 한마디가
마음에 향기를 만듭니다

생각 없이 내뱉은 한마디가
누군가의 인생을 흔들고
용기 주는 한마디가
삶에 전환점을 만듭니다

말은 인격을 나타내며
사람을 돋보이게도 하고
추락하게도 합니다

신중한 한마디
가슴에 남는 한마디는
필수 비타민입니다

걱정하지 말아요

일어나지도 않는 일로
밤을 설친 그대에게

머릿속이 온통
한 가지 생각으로 어지러운 그대에게

질문 있어요

그렇게 걱정했던 일이
정말로 일어났나요?
걱정에 불과했나요?

그래요

걱정하지 않아도 일어날 일은 일어나고
걱정해도 지나갈 일은 지나가요

그냥 그때그때 슬기롭게 넘겨요
미리 걱정한다고
아무것도 달라지지 않으니

타인처럼

가끔 타인처럼
당신과 나 사이
수백 킬로나 멀어진 거 같습니다

평상시 말과 행동인데도
눈을 마주 보며 웃던 옛 모습과
다른 걸 알겠습니다

까닭 모를 거리감
내가 알던 사람이 맞는지
헷갈리기도 합니다

나도 당신에게
그럴 때가 있겠지요
그럴 땐 까닭 모를 외로움이 밀려왔겠지요
나도 그렇게 느꼈으니까요

살다 보면 그런 날 많은데
오늘따라 유난히 다가오는 것은
왜일까요

고독

고독하다는 것은
마음 한 귀퉁이에 자리 잡은
삶의 동행 같은 것인지도 모른다

사람 마음이란 알 수 없는 것이라
어느 날은 세상 모두를 가진 것 같다가
어느 날은 우주 한복판에 혼자인 것 같은 고독이 함께한다

인생이란
늘 고독과 함께하는 빈 의자가 아닐까
누군가를 끝없이 기다리며
먼 하늘을 바라보는 빈 의자

그게 바로 나다
그게 바로 우리다